25,

16	3	2	13
5	10	11	8
9	6	7	12
4	15	14	1

NUNO RAMOS

O PÃO DO CORVO

editora 34

EDITORA 34

Editora 34 Ltda.
Rua Hungria, 592 Jardim Europa CEP 01455-000
São Paulo - SP Brasil Tel/Fax (11) 3816-6777 editora34@uol.com.br

Imagem da capa:
Oswaldo Goeldi, Sem título, *s.d., bico de pena*

Capa, projeto gráfico e editoração eletrônica:
Bracher & Malta Produção Gráfica

Revisão:
Adrienne de Oliveira Firmo
Alexandre Barbosa de Souza

1ª Edição - 2001

Catalogação na Fonte do Departamento Nacional do Livro
(Fundação Biblioteca Nacional, RJ, Brasil)

Ramos, Nuno
R144p O pão do corvo / Nuno Ramos — São Paulo:
Ed. 34, 2001.
88 p.

ISBN 85-7326-217-6

1. Ficção brasileira. I. Título.

CDD - B869.3

O Pão do Corvo

O PÃO DO CORVO

LIÇÃO DE GEOLOGIA

Há uma camada de poeira que recobre as coisas, protegendo-as de nós. Polvilho escuro da fuligem, fragmento de sal e de alga, toneladas de matéria em grãos que vão cruzando o oceano transformam-se em fiapos transparentes depositados pouco a pouco para preservar o que ficou embaixo. Quase nada se tem pensado a respeito deste fenômeno. Trata-se provavelmente de uma enorme operação de camuflagem, de equalização de um sinal remoto que perceberíamos facilmente na ausência desta montanha de pequenos agregados. Algo dentro das coisas está sendo disfarçado, escondido a qualquer preço, e até mesmo o extrato de rocha, terra e lava seca onde pisamos, construímos nossas cabanas e parimos nossos filhos parece estar ali para embrulhar alguma coisa que tende ao centro. A agregação infindável da Gravidade, da massa caindo sobre a massa, matéria abraçando matéria num apetite sempre renovado, constitui a expressão mais evidente deste princípio. É como se um ser primordial, pleno numa gargalhada antiga, percebesse uma fenda em seu corpo ou pus em seus olhos, uma penugem de cor estranha em seu pêlo ou ainda uma má-formação em seus membros. Antes de abismar-se na tristeza, envergonhado com o que percebeu, conseguiu ainda recobrir-se com o que havia à sua volta, apanhando tudo o que deixara escapar de si, pois até há pouco fazia parte de seu corpo perfeito a matéria de que agora se vestiu — a poeira e a terra, a folhagem e a penugem, o fogo explosivo das estrelas e a escuridão congelada. A gigantesca espiral em movimento, concêntrica, como um feto encolhendo-se, com que se retraiu esta divindade incapaz de compreender-se, de incluir-se inteira, ensinou ao tempo e ao espaço, que até então estavam nela, eram ela, o seu comportamento básico — tombo, solavanco, suspensão; areia, matéria, enigma. É difícil compreender como terá irradiado pelas coisas esta atitude de reclusão e de vergonha. A matéria, na verdade, talvez não seja mais do que a expressão primeira desta fuga. Ao invés da afirmação explosiva a partir de um nada pleno, toda a Física teria por princípio a negação e o ocultamento de alguma coisa percebida, o disfarce de um defeito, a espiral protetora em torno a uma identidade cheia de desgosto. A expansão do universo, segundo este ponto de vista, deveria prosseguir apenas até que o recobrimento se cumprisse, tornando-se depois desnecessária. Mas se o fluxo de poeira e lava em nosso planeta continua, se a luz desvia em seu espectro para o vermelho, indicando o afastamento progressivo de estrelas já tão afastadas, é porque o corpo envergonhado não pôde ainda se cobrir inteiro. Na verdade, o movimento com que giram os gases aquecidos, os choques de massas polares com o ar mais leve e quente que vem dos trópicos, a condensação das tempestades sobre o oceano, todo o sal lançado na atmosfera, a luta das mucosas e das guelras, o sofrimento mesmo das aspirações humanas, dragões espalhando lantejoulas e escamas, vidas ceifadas, pedaços de madeira que naufragam, olhos que a catarata vela, bacia onde moram os sargaços, tudo o que ficou cinzento e floriu depois na primavera, tudo o que o outono equalizou com prata e monotonia, o rosado leve do poente, o ar que enche o peito de alegria, parecem na verdade parte de uma astúcia, gestos furtivos que não compreendemos, seqüelas de um corpo enorme e defeituoso que tenta inutilmente recobrir-se, sumir debaixo da aparência. O motivo de seu fracasso, provavelmente, deve-se ao fato de a matéria de que se recobre ser ela mesma parte sua, compartilhando sua decepção — *também ela* quer ocultar-se, reproduzindo infinitesimalmente o movimento que deveria ser restrito ao caroço que lhe deu origem. Acaba assim traindo por mimetismo e semelhança o papel que lhe foi designado enquanto a longa litania do que existe, virando seu rosto para dentro, neutralizando suas feições, desfila lentamente. Talvez seja uma contradição curiosa aquilo que tanto se esconde precisar de testemunhas como nós, que contemplamos, admiramos e, ainda por cima, achamos bonito. Pois assim todo o apagamento progressivo, a nebulização periódica do que poderia brotar em flores enlouquecidas, a monotonia de uma linguagem que devia ser de carne, uma matemática que devia ser de troncos e de mármore, sim, toda a laguna de possibilidades que a frágil ambição de nossos órgãos não soube verdadeiramente desejar, ganha seu *imprimatur*, sua documentação enquanto necessidade — abraçamos o que foge de nós, invertemos seu próprio desgosto e recusa, julgamos como perfeita a natureza envergonhada e defeituosa, aderimos, enfim, perdidamente e para sempre ao que parece belo, porque nos conformamos ao amar.

ELE CANTA

Não pode tocar. Acho que ainda está mole e vivo. Cobrimos com cuidado para que não grude pó. Para que não canse quando levantar. Melhor mantê-lo dentro do iglu transparente. Não vá cair uma parte: a perna de areia, o esôfago de ouro ou a renda delicada da folhagem. Não sei se respira por ali. Ouço apenas, de longe, o seu murmúrio constante. Às vezes ele canta. Suas juntas secretam uma banha amarelada ou oleosidade espessa, quase viscosa — marrom-esverdeada, na verdade — para que não quebrem sozinhas. No topo de suas árvores estão os frutos. Procuramos protegê-los também, com grandes lonas estendidas para que não junte pó em suas extremidades, nem desbotem por causa do sol. Nenhum de nós provou o seu sabor. No final da tarde, quando está mais fresco, os parasitas sobem até lá. Pode reparar. Estão lá agora, comendo a polpa de cal e de cinza. Pode-se ver a cal esvoaçando quando respiram. Depois se aquietam e voltam para o chão. Parece ter um contorno circular visto do alto, camuflado entre as ranhuras do solo árido. Então dá para vê-lo inteiro, afundado no lodo seco, mas acho que é porque já sabemos onde está — se não avisassem ninguém reparava. Na verdade, foi descoberto mais por seu campo magnético, uma perturbação na monotonia sertaneja, do que pelo contorno. E também pelo mau cheiro dos bichos que misteriosamente vão até lá para morrer. Não sabemos quando caiu ali, se é que caiu — pode também ter sido *construído*. Mas quando? Por quem? Há perguntas demais. Parece recente para datação em carbono-14, embora sejam bastante fortes os indícios de fósseis antigos, pré-cambrianos, em seu esqueleto externo (talvez as próprias árvores façam agora parte deste esqueleto). Nosso projeto é pô-lo de pé, içá-lo com guindastes e helicópteros até a posição vertical para ver como reage, mas temos medo que sua coluna se quebre. Enquanto isso, procuramos preservá-lo do sol e da poeira, semi-enterrado no chão calcário. Às vezes suspeitamos que se moveu inteiro, alguns milímetros, e a própria terra que o circunda, mas é difícil medir seu comprimento porque nos falta um ponto de referência. O mais complicado é saber se está vivo. Parece, na verdade, uma forma de vida que não pode sequer ser tocada. Não vá quebrar seus longos membros, como juncos moles, membros de areia que aspiram toda a umidade do lugar — não vá se partir ao ficar de pé. Descansa sempre no final da tarde, e é então que canta. Ficamos circundando sem instrumentos para medir propriamente nada, a não ser o tamanho de algumas partes, a periodicidade de seus espasmos etc. É então que ele canta. Todos cantamos. Nos pomos a cantar a mesma música. Primeiro uns assobiam, depois todos cantamos bem alto. Ele canta através de nós. Nós cantamos por causa dele. De repente se cala e nunca sabemos se vai voltar a cantar.

UM COMUNICADO SOBRE AS PALAVRAS

Palavras são feitas de matéria escura, quase sólida. Secam rapidamente, depois de pensadas ou ditas. Mas secam também antes que saiam da boca, quando deixamos de usá-las de maneira apropriada. Há duas grandes famílias de palavras — as que são súbitas e as que roubam tempo. As primeiras devem seu nome ao fato de aparecerem pouco, como pontilhões transparentes e de curtíssima duração até aquilo que nos rodeia. Vêm em geral cercadas de espanto por seu misto de precisão e harmonia, como uma enorme coincidência que logo some, carregando consigo a breve duração de sua promessa. De tão raras, parece sempre que estamos diante das palavras súbitas pela primeira vez. Formam, neste sentido, o oposto complementar da segunda família de palavras, conhecidas como rouba-tempo, que estão sempre disponíveis e aparecendo em legião. São estas que nos cercam a cada momento, a tal ponto que já não é possível separar nossa vida da sua. Para quê agem assim, roubando nosso tempo como um roedor nos leva para a sua toca ou um marsupial para a sua bolsa? É uma questão complicada. Parecem apegadas à superfície dissipada da vida, que não consegue fixar-se e encontra nelas o seu coagulante. Estão para as palavras súbitas como os anões de jardim para as pessoas vivas. No entanto, a própria superficialidade de sua existência imperfeita confere uma poderosa característica a esta família: sua *reprodutibilidade.* Como partículas subatômicas, trombam o tempo todo numa dança desordenada, mas aparentando grande lógica, de verbos e substantivos que expele sufixos, rimas incompletas, hexâmetros de pés quebrados e um número enorme de frases feitas semicirculares. É esta pasta confusa que obscurece o céu estrelado sobre nossas cabeças, o astro vermelho que tomba diante de nós ou a branca fatia da lua. Normalmente, em sua forma mais virulenta, as rouba-tempo *comentam* aquilo que está sendo visto: "parece que posso tocar as estrelas!", "nunca vi um sol tão vermelho!" ou "a lua está transparente como porcelana". Naturalizam assim sua própria condição dissipada, atazanando as mentes que dominam. Sim, porque é próprio das rouba-tempo afligir seu hospedeiro impedindo que se distraia, que se una verdadeiramente àquilo que o chama; ficam resmungando baixinho, soletrando nomes e pronomes, embalando o órgão que deveria no entanto utilizar-se delas num sono acordado que vai terminar por matá-lo. Este órgão, o cérebro, ao invés da emissão de raios amorosos para a qual parece destinado, captando a freqüência da matéria, da memória, dos afetos ou mesmo do que se esconde na sombra mais profunda para reproduzir, como se fosse um sino, sua onda vibratória (que não vem de cima, mas do interior das coisas), fundindo-se assim ao pulso único, irreprodutível, de uma maçã, por exemplo, e vibrando de volta com ele, ao invés de seguir essa vocação, possuído pelas rouba-tempo, este cérebro *fala,* ou pensa que fala — *pensa,* ou pensa que pensa. Abandona assim a matéria transparente, neutra e vazia da harmonia física e vibratória entre os seres pelo campo preventivo destes pequenos duplos de som organizado que parecem, no fundo, querer apenas perpetuar-se. Como o ser *vibra* em ondas, logo assumiram a forma sonora, procurando confundir-se com sua fonte ou, ao menos, manter com ela um parentesco primário, uma matéria comum ondulatória de que o som parece a configuração mais explícita. No entanto, é nesta mesma astúcia que acabam por revelar-se, pois sabemos que não vibra o emaranhado pantanoso de semipalavras e fragmentos de orações que nos turva a mente o dia todo, parecendo mais um bolo amorfo que expande e colapsa sobre si do que a fuga bailarina, cíclica e sempre renovada de uma palavra súbita ou de outra onda qualquer, luminosa, cheia de sargaços, infravermelha ou afetiva. Parecem ter nessa dificuldade de expansão o seu ponto fraco, o avesso da reprodutibilidade extrema que as caracteriza. É a partir daí que devem ser *predadas*. Sim, porque se não as alimentarmos com visões ou sentimentos, se não trouxermos o vento até elas, se não dissiparmos a clausura asfixiante de sua falta de objeto, entram rapidamente em colapso. É bem possível que o cérebro hospedeiro colapse junto, ouvindo o ranger das correntes mesmo enquanto dorme, mas desta crise extrema pode também brotar a libertação e o silêncio. A fadiga do cérebro doente, a concentração de todas as suas forças contra o invasor que já o tomou quase completamente, acaba muitas vezes por fazer nascer um órgão renovado, que cedeu à doença partes inteiras de sua matéria e de suas habilidades, mas reuniu ainda assim o essencial para uma sobrevida. Trata-se, na verdade, de uma operação bastante arriscada, mas que obteve sucesso muitas vezes, pois diante da morte do hospedeiro as próprias rouba-tempo recuam, diminuindo o nível de sua atividade. Ao que parece, pressentem o ponto de colapso do organismo, recolhendo-se como um exército ordenado de formigas. O que lhes interessa não é de fato destroçar o hospedeiro mas mantê-lo num estado de torpor em que processa, numa espécie de fotossíntese, a substituição contínua do que lhe é exterior pela sintaxe desordenada das próprias rouba-tempo. Existe ainda uma segunda forma de combatê-las, mais estranha e menos eficaz, mas que diversas vezes apresentou resultados. Consiste em *materializá-las*, escapando à ilusão aérea e vibratória que as caracteriza. A primeira tarefa deste método é sempre grafar as palavras, evitando a forma oral. Como já dissemos, o caráter imaterial que assumiram, através de ondas sonoras, é que permite sua camuflagem astuciosa. Esta técnica consiste portanto em dar corpo às palavras, tornando-as pesadas, onduladas, viscosas ou sujas, escrevendo-as com barro, concreto ou metais fundidos, sempre em escala significativa. A primeira propriedade que adquirem neste caso é a *lentidão*: até que terminemos de construí-las repetiremos mentalmente tantas vezes o som que as caracteriza que este já não terá qualquer sentido. Além disso, como criar sintaxe entre fósseis paralisados, carregados de matéria e de peso; como encontrar a posição de um verbo e de um adjetivo numa situação eminentemente física, feitos de terra, por exemplo, num terreno que a chuva encharcou? Isoladas, presas na matéria, não podem mais trombar indefinidamente umas com as outras nem reproduzir-se. Parecem perder sentido conforme ganham corpo, e então já não há perigo de que nos enganem.

O VELHO EM QUESTÃO

Quando foi que amei o intermediário, corpo viscoso e provisório, nem fome nem alimento? Quando foi que virei um cão sarnento e me tornei um lobo, quando foi que me tornei a praia? Mas sei que não sou um peixe, nunca pude ser um peixe, não funciona, nem cresço com as marés, ao contrário. O mar é que me lambe os pés descalços, os trapos levantados na canela, fico parado esperando. Eu moro por ali, é meu direito. Sei que não sou tudo mas parte. Por exemplo: sei quando o sangue de um cachorro pinga na areia ou em outro animal, sou também os animais pequenos que eles mordem embora precise escapar antes disso. Já estive em um siri, morei num pequeno gambá dentro de um oco, por dois anos. Foi um escorpião que me matou, eu me transformei antes. O veneno dá sono. Mas não posso ser um peixe nem uma concha, não posso virar outra pessoa (mas uma vez eu virei, um velho) e, principalmente, porque é o que mais desejo, não posso ser uma pedra. Preciso tocar em tudo antes que aconteça, nunca vem a distância. Com animais muito grandes não funciona, só roedores, uma capivara uma vez, mas principalmente estes cães peregrinos, peludos. Quase morri dentro de um, atropelado. Eu sei bem como é. Mas vago dissipado com o vento e a lua agora é mais vermelha, meu focinho dilatado procura a urina e o sangue do esfolamento, espalhados sobre a areia. Sei o nome de cada grão nessa hora. Sei quando vem a maré e a menstruação em todas as fêmeas da orla, meu corpo dói nas juntas, os pentelhos caem, os joelhos vergam e não posso mais andar, uma vontade enorme de morder, o cheiro da vulva em que me prendo e sou um cão. Espalhado, intermediário, as folhas balançando, o murmúrio delas em minha própria boca, posso abraçar a palha e o caule azedo, eu sou os juncos, depois apago e feneço acordando como um trapo, faminto, molhado de urina e cuspe. Então só tenho um nome e me conhecem, até me batem. Pensam que sou eu. Se fosse eu eu saberia, mas escapo, muitas vezes à luz do dia. Estou velho. Sei as minhas horas: penumbra antes, dias quentes, se não são quentes são muito abafados, o calor pousado como uma roupa física em minha pele, a pino sobre tudo. Devo, sei, ser madeira antes de ser pedra, abandonar o corpo de um bicho, depois a haste da planta, ocupar o tronco sólido já morto se quiser chegar ao que quero, o que mais quero é ser a pedra. Paciência, para isso se é velho. Comecei desde os pequenos pulando os insetos mas nunca os animais grandes, cavalos e vacas, só roedores, algumas plantas e o tal siri, besouros nunca, e cães de todos os tipos. Estou cansado disso agora. Sei que não vou ficar muito tempo assim e meu corpo, como um país estrangeiro, vai se encher de pêlos, ou a casca rugosa, empedrada de uma tartaruga, ou os veios úmidos de um tronco escuro e antigo, ou a floração musgosa de alguma planta frágil. Lembro bem quando começou, um cachorro naturalmente, eu estava dentro dele mas adormecido, a maré remota me prendia à vida antiga. Não foi quando minha mãe sumiu-morreu, foi muito antes. Hoje eu fico pensando se também não acontecia com ela. Era curioso como não me perguntava nada, eu sempre volto faminto e a comida era melhor nesses dias. Ela também sumia, acabou sumindo de vez. Lembro da cabeleira dura, do cheiro, mas não da voz dela, só tenho a voz dos três. São distintas, mas não é bem claro o que me dizem. Três vozes. O *sal* é uma voz. Os *passos* a outra. A *pedra*, é claro, a mais agradável delas, grave e reconfortante. Eu sempre ouço uma delas. Às vezes a voz do Voelner grita também, está sempre gritando comigo, mas é muito mais raro. A voz do sal é a mais triste, um lamento constante, grossa como o apito de um navio. Só ela atravessa as metamorfoses, feito uma chuva de vários meses. É uma voz sem palavras separadas, sem verbos ou orações subordinadas, no entanto nítida. Quer me dizer uma só coisa, a mesma coisa, uma coisa tão grande que precisa repetir sempre, ela reza. No fundo é uma voz que eu recebo, alimento e dou abrigo e quando ocupa tudo fico torcendo pra que vá embora, mas ela demora tanto. A voz dos passos é minha filha, mal percebo quando chega. Levo ela a toda a parte mas desaparece quando desapareço. Acho que não sabe o que acontece comigo, apenas pede que eu continue andando, conta meus passos quando sou um homem, mais um, ainda outro, responde ao que vejo, o céu quando vejo o céu, o rosto de alguém, é raro que eu veja um rosto. Acho que seria a voz da minha vida humana se eu tivesse uma. A voz da pedra é a mais doce delas, envelhecida e enrugada. Só conheço o silêncio em suas pausas, e sou grato por isto. No fundo me promete que serei o que quero, uma pedra, não a cadeia adiada do que é mole e molhado e mais um pouco morre. Vem de fora dos meus ouvidos, me escolhe. Vai chegar o dia em que vou falar do Voelner, a quarta voz. Do desgraçado do Voelner, mas não agora. Um dia vou falar do Voelner mas não do Voelner, do que ele quis e eu topei, mas sem falar demais. Aqui na praia pensam que sou epilético, acho que têm razão, ninguém sabe nada. Vem mais uma noite e entre todos os animais que sou eu sou aquele animal que dorme, nunca lembro do sonho mas sei que durei mais um dia. Toco então o elemento em que me transformo, às vezes porque quero, às vezes não. Bem, pra mim não vai haver morte, é provável que me transforme no meu verme ou na madeira do caixão, Voelner foi quem imaginou uma certa utilidade pra isto. Com aquela vozinha mansa de funcionário público. Chamava de *meu poder*. Eu não sei como volto, nem de onde, apenas as características gerais, a memória vaga de um sonho de poucas imagens de onde se acorda sem se querer acordar, as vozes me acordam, uma delas. Acho que matei um homem uma vez. Encontraram um corpo aqui perto, picada de cobra, a voz dos passos me contou. Só me lembro do guizo, meu bote súbito, a palha no couro da minha barriga, o sol lamuriento me aquecendo depois. Devo ter mordido ele, matado. Não lembro. Talvez ele não conseguisse caminhar pra longe e pedir ajuda. Talvez tenha ficado ali deitado, o veneno engrossando seu sangue até coagular. Talvez eu tenha feito isso mas não lembro. Nunca lembro. Nunca penso muito nisso, se ponho os outros em perigo. Deviam ter medo de mim. Acho que têm um pouco, o epiléptico do fim da praia. Ninguém chega até aqui. O vento bate na porta e nas garrafas em cima da mesa, é ele que me visita, alguns arbustos vão crescendo entre os buracos das tábuas do chão, a areia por toda a parte. Fica parecendo um jardim suspenso. Voelner entrou pela porta de madeira quando ainda havia uma, parecia um desses arbustos, a pele esverdeada, macerada, hepática, os ombros encostados na parede, na sacada da varanda, parasitário e preguiçoso, esfregando as mãos como um roedor, a impressão horrível que tive dele. Ficava horas sentado na mesa, eu saía pra dar as minhas voltas, chegava no fim da tarde e

Voelner continuava lá, simpático e falante. Basicamente, Voelner falava. A voz dos passos me alertava. A voz do sal me alertava. Até a voz das pedras, mas sempre me deixei levar, por preguiça e indiferença e Voelner foi ficando, ficando. É claro que às vezes eu me transformava, acho que ele foi percebendo, talvez tenha me visto, conteve o seu espanto até que começou a falar disso comigo, chamava de *meu poder*, parecia uma curiosidade, como ser muito alto ou muito gordo ou muito rico. Então percebi que Voelner queria algo de mim, se não queria agora ia querer depois, o timbre de uma intenção reverberando na sua voz. Por Deus, como ele falava, eu precisava me livrar daquilo, minhas vozes agora se misturavam à dele e o próprio silêncio nas pausas da voz das pedras se enchia com suas palavras, os guinchos de fuinha. *Precisamos fazer algo com isso*, era o que queria, me exibir num auditório talvez, na televisão, queria ser meu empresário, dizia palavras que o próprio vento recusava, então ficavam reverberando e mesmo dormindo eu escutava as palavras do Voelner, como cachorros ganindo. Passava as noites comigo. Comprou cobertores, trazia comida, as pessoas pensavam que cuidava do velho epilético do fim da praia. Ele me adulava. Então eu sumi, fugi dele, cedi meu terreno e minha casa de madeira naquele fim de praia, saí caminhando guiado pelas minhas vozes e a mais rara delas, a voz das pedras, pela primeira vez me fez companhia. Voltei ao silêncio em suas pausas, eu a seguia como a alguém mais velho. Estive próximo do que mais quero, eu quero ser uma pedra. Mas Voelner me encontrou, o litoral parecia pequeno pra nos manter afastados, pôs a mão no meu ombro, entrei no seu carro, calado enquanto ele falava, *tenho uma idéia*, disse, *uma ótima idéia*, e a voz dos passos me ensinou que só respondendo me livraria dele. Não sei se foi um bom conselho, a voz do sal murmurou seu reproche indefinido e a voz das pedras, de quem eu estivera tão próximo, quase pude tocá-la, quase me transformei numa pedra, não se pronunciou. Foi a primeira vez que me dirigi a Voelner, com minha voz tremida e destreinada, *o que é que você quer* e essa foi sua maior vitória, ele sorriu por isso, esfregando as mãos feito uma ratazana que ele era. Então ficou em silêncio, pela primeira vez ficou em silêncio, de volta o murmúrio do mar e do vento. Achei que tinha feito certo, ainda mais porque Voelner não apareceu no dia seguinte, fui dar uma volta e pisei no casco rajado de uma pequena tartaruga me transformando nela, carregando a pedra da minha carne sobre as costas para o fundo esverdeado do mar, meu medo das gaivotas, os ovários cheios, os cardumes ao meu lado. Voltei muito tempo depois pelado da cintura pra cima, a mesma bermuda escura ensopada e faminto. Voelner estava sentado no chão cheio de areia, fumando, as bitucas ao seu lado. Pra falar a verdade, eu mal me lembrava dele, apenas o azedo remoto que sua presença me trazia foi voltando, ainda mais quando preparou um prato de arroz com ovo pra mim. Comi com pressa, os grãos branquinhos escorrendo pelo canto da boca, a gema amarelando a barba e depois pingando, Voelner ficou só olhando. *Quanto tempo fiquei fora?* Foi a segunda vez que falei com ele. *Seis semanas*, como podia me lembrar de tão pouco, apenas a pele enrugada das minhas patas, suas unhas muito longas, um polvo visto de perto. *Mas aqui está você*, ele disse, como se fosse eu o convidado e a minha casa fosse dele, com certeza tinha planos pra mim, me levantei afastando a visão infindável daquele rosto fino de fuinha, e pra tirar também um pouco da dor da tartaruga que ficara nas minhas costas fui deitar esticado na varanda. Ali estava ressonando o que parecia um lobo dentro da jaula, seu pêlo branco bem lisinho, nunca vi nada igual, como se aqueles vira-latas que eu conhecia fossem redesenhados, banhados, passados a limpo. Voelner pôs a mão dentro da jaula, acariciando o pêlo do lobo, falando baixinho *cuidado, cuidado.* Isso era parte do ardil do Voelner. O lobo acordou, abriu o olho, levantou um pouco a cabeça e deitou novamente. Voelner continuou acariciando o animal, depois retirou a mão e fez um sinal com a cabeça, encostando ela no ombro que estava mais próximo da jaula, para que eu fizesse o mesmo. Isso também era parte do seu ardil. Topei. Estava entendendo tudo e aceitava, esse era o meu próprio ardil, apenas o ritmo da cena me parecia errado, rápido demais. Não queria me transformar mais uma vez, não depois de um intervalo tão pequeno. Precisava dormir na forma humana, tentar lembrar dos sonhos que tive. Então me afastei da jaula sem tocar o lobo adormecido, sem dizer nada, e fui procurar abrigo na sala. Me enrolei no cobertor felpudo e cochilei imediatamente, restos da tartaruga em meus cinco sentidos. Quando acordei a luz da tarde entrava pelas frestas das janelas fechadas. O lobo estava ali dentro, deitado bem perto, fora da jaula. Acho que a idéia do Voelner era que eu tocasse o lobo sem perceber, dormindo, mas o animal ficou longe de mim. As janelas e a porta estavam pregadas com tábuas por fora, fiquei com preguiça de ter raiva do Voelner e avancei para o lobo. Podia ouvir os passos do Voelner lá fora, movimentando-se rapidamente enquanto olhava pelas frestas. Enrolei e estendi o cobertor, sacudindo a minha isca feito uma cobra de pano, mas o lobo não se moveu. Joguei o tecido inteiro, aberto, sobre ele, que se irritou afinal, rosnando e abocanhando a ponta. Então ficou fácil puxá-lo preso ao cobertor e tocá-lo. Antes que me mordesse eu já tinha me transformado nele. Do resto me lembro pouco. Sei que fiquei alguns dias fechado naquela sala, a fome em maré alta, a lua que me chamava, o cheiro do meu mijo e o de um cão lá fora, queria morder bem na garganta. Dias assim, meus uivos, até atacar o velho e me transformar nele. Voelner me contou depois enquanto se queixava amargamente de mim, torcendo os dedos como sempre, e reconstituí tudo. Voelner entrou devagar na casa do velho, era muito tarde e ele tinha a chave. Me soltou lá dentro. Fiquei deitado por um tempo mas eu tinha a minha fome de lobo, ele calculou isso, a acidez em meu estômago. Então foi só seguir o cheiro forte do alimento, o alimento era o velho, subir a escada até o quarto em que ele ressonava. Deitei ao pé da sua porta e comecei a rosnar. Quando o velho virou a maçaneta eu ataquei por baixo, jogando-o de costas no chão do quarto e subindo nele, procurei a garganta. Agora eu era o velho, um animal rosnando sobre mim, dei a mão pra que não atacasse minha garganta, empurrando-o pra baixo e acertando um chute no seu estômago. Novamente o animal, parecia um grande cachorro branco, me atacou, mordendo sobre o joelho, a minha mão sangrava da primeira mordida mas consegui agarrá-lo pelo pescoço, sufocando-o até ele ganir escapulindo. Me tranquei no banheiro e amarrei a toalha de chão na mão mordida que sangrava pra valer, dando o nó com os dentes, o joelho não me preocupava muito, só doía. Acho que fiquei quase uma hora ali sentado, o coração aos trancos, até que ouvi passos no meu quarto. Eu disse com a voz do velho que um cachorro tinha me mordido, disseram que foi um lobo, um lobo branco atropelado ali em frente. Abri a porta. Tinham os olhos bem abertos. Quando voltei para a praia alguns meses depois na mesma bermuda preta trazia comigo a memória do velho, duas sombras sobrepostas. Eu era o velho em questão. Voelner apareceu logo, ele devia estar vindo todos os dias pra ver se eu voltava, *você estragou tudo*, disse, *você estragou tudo, esse seu negócio não serve pra nada*, foi o que o Voelner gritou comigo, torcendo as mãos como sempre. Eu me sentei na varanda e ele falou a tarde toda, estragando o eco do vento e o eco do mar, silenciando a voz dos passos que me acompanhava de novo, mas aos poucos fui entendendo que ele não sabia de nada, não suspeitava que eu tinha me transformado no velho em vez de fazer o que ele queria. Eu estava seguro. Então fui caminhar pela praia acrescentando os gostos do velho aos meus, podia lembrar suas lembranças, sabia pela primeira vez, mais que um rumor, cada minúcia do que tinha acontecido comigo e antes disso também. Olhei pra trás e vi, o que me pareceu insuportável, nauseando o próprio ar da tarde, as pegadas do Voelner na areia, ao lado das minhas. Tomei coragem e falei, era a terceira vez que falava com ele, *vá*, e depois de um bom intervalo, *embora*. Olhei bem na cara dele, depois continuei andando meu próprio caminho e quando virei pra trás Voelner estava imóvel, pequenininho, e a marca dos meus passos, duas fileiras, ia de onde eu estava agora até onde ele tinha parado. Às vezes ainda ouço sua voz mas perdi o medo. A voz do sal é que vem me acompanhando com sua tristeza e ladainha, o dedo apontado pra cada pedaço do que vejo: *é o mar*, quando olho o mar, *é a nuvem*, quando vejo a nuvem, *entrou alguém*, *seu nariz*, *sua mão*, com seu timbre grave, murmurado e confuso. Acho que ela está me preparando pra ser o que eu tenho de ser, a pedra que eu quero ser, terminar por ser, a pedra em que vou me transformar, agora eu sei disso, quando estiver pronto. Na verdade, com as memórias do velho as três vozes sumiram um pouco, ficava o dia todo acompanhado mas não consegui encontrar a memória que eu mais queria, apenas um medo de fundo e amarelo, mas nunca o nome do Voelner, talvez este não fosse seu nome afinal. Com o tempo acabei me contentando com o que me coube, a varanda enorme, a rede furada, o coice do burro, as duas filhas do velho que nunca mais falaram com ele, o cheiro de algumas mulheres. Era como se as memórias do velho fossem uma quinta voz, apesar de muda, mas que me transportava, meu corpo indo junto, por exemplo: dias frios e claros, de sol misturado com vento, eram dias de andar de bicicleta contra o vento, eu nunca andei de bicicleta, quando ele era pequeno, em alguma cidade cujo nome não fiquei sabendo. O verde é sua cor favorita. O que mais lhe dói é sua falta de ar, pior do que a gastrite que sempre teve. Tem vergonha da pele abaulada, como um peru, debaixo do queixo e do tremor enrugado das mãos. Põe uma toalha sobre o ventre quando se masturba. Sempre fez assim. Envelheci junto com o velho, sei agora o que é acordar cansado, a dor nas juntas, o apagamento da vista, o rancor sem causa, a raiva das filhas que não vêm nunca, da mulher que morreu sem ele saber tudo. Da mulher que morreu sem ele saber tudo: é aqui que eu suspeito, talvez Voelner tenha passado por aqui, deixando a impressão das suas mãozinhas suadas e feito soar com voz aguda aquele seu raciocínio sutil, fininho. Quanto mais tento lembrar mais eu me perco. Às vezes, quando estou andando no final da tarde, os pés afundando na areia, novas camadas de lembrança do velho aparecem pra mim, ajudadas pelo meu cansaço, como uma parede de argila que eu fosse cavando. Mas sempre que me aproximo da mulher que morre tudo some, ainda me concentro como se a lembrança fosse minha mas não me vem quase nada. Consegui lembrar a cor cinzenta do seu cabelo, o formato vesgo dos seios, lembrei até do *V* marcado na palma da sua mão, uma linha da vida bem nítida e curta. Ela sabia ler a mão, tinha a palma molhada, um colete de crochê verde, gostava de sucrilho. Detalhes assim, mas não sei se o velho viveu com ela, talvez ela fosse a mulher do Voelner, não sei se as filhas do velho que não visitam o velho são filhas dela, não sei o que o Voelner tem a ver com isso tudo, mas sei que ele está por perto, posso sentir a ameaça, me lembro da raiva e do medo, mas também da proximidade entre nós dois. Isso é o mais difícil: aproximar o velho e Voelner, o velho que me deu suas lembranças e o perfil magrinho, insidioso do Voelner, as mãos suadas se esfregando, espalhando o seu querer como um gás sem cheiro. Comecei a me masturbar com as lembranças do velho e fiquei sabendo o tamanho dos seios dela, o cheiro da vagina, sua perna branca e elástica me enlaçando. O velho me deu essa janela e toda a noite eu volto à agonia nova, ponho a toalha sobre o ventre como o velho fazia e me masturbo, como o velho fazia, ansioso, e penso sempre a mesma coisa, os olhos abertos fitando a cara dela, como o velho fazia, se ela fazia a mesma cara pra ele, a mesma perna me enlaçando pra ele, e hoje sei que ele é o Voelner. Isso é tudo o que consegui descobrir entre os dois, uma mulher que morreu, suas caras e seu cheiro, o medo do velho, a raiva do Voelner. Com o tempo as minhas vozes voltaram e eu já não sentia alegria nem surpresa com as lembranças do velho. Não me masturbei mais. Primeiro foi a voz dos passos que ficou direto comigo vários meses enquanto eu caminhava sem parar de uma ponta da praia até a outra, cavando uma trilha na areia. Depois a do sal com seu lamento, seu murmúrio grave, me acolheu como uma cova. Depois a voz das pedras me deu a certeza. Não vou mais me transformar em nada que se move, não quero mais meus cães nem os roedores pequenos, nem a madeira apodrecendo. Quero a pedra, quero ser a pedra agora, já escolhi a mais alta e parada, plantada sozinha sobre a areia como uma corcova ou um promontório, transformando a onda em espuma quando a maré sobe. Um dia desses vou tocá-la.

CINZA

Se o fogo vier da floresta, temos o nosso fosso. Se vier de dentro de uma das casas, há terra em torno delas para impedir que se espalhe. Se crescer na choupana grande, tomara que a destrua. Talvez seja um raio que nos fulmine. Sabemos que o fogo virá porque todos tivemos o mesmo sonho. Uma chama azul e a fumaça clara. O cheiro doce de carne queimada. A fuga dos sobreviventes entre carvões, até a lagoa seca. Nossa carcaça calcinada junto à dos dois leões. Depois as novas árvores crescendo, as novas casas, a choupana grande. Depois o mesmo sonho e a dissipação novamente.

VESPA

Me disseram, foi a vizinha quem falou, que vieram atrás de mim cobertos por capuzes. Eu estava submerso. Revistaram toda a sala à procura da passagem. A sala inteira é a passagem. O sofá afunda. As paredes são moles. Preferia que me encontrassem logo. Preferia que isso terminasse e soltassem a velha vespa sobre mim. Ela está presa no pote de glicose agora, se empanturrando de comer. Me disseram, foi a vizinha quem falou, que é exatamente isso o que vão fazer.

EU CUIDO DELES

Desde que a estrada chegou eu cuido deles. Só preciso uma pá, um pouco de cal, um balde e a bicicleta. Nem preciso pedalar muito. Penduro o balde com o fundo cheio de cal na alça do guidão. Toda manhã tem um cachorro novo. Pelo menos um. Eu olho bem para ele. Às vezes vêm uns pedaços de asfalto junto, pedregulhos de piche grudados no pêlo. Procuro me lembrar como ele era. Anoto o tamanho, o desenho das manchas, o lugar onde o carro pegou e a data. Se alguém vier me perguntar estou pronto. Depois cubro com a terra do meu quintal. Preciso desenterrar os mais antigos e abrir lugar para os novos. Queria saber o nome deles. Quando conheço o dono eu pergunto.

fixo. As folhas debaixo de mim estão vermelhas. Os insetos pequenos bebem ali. Eu peço ao vento. Traga pra mim a minha leoa. Traga a minha leoa pra mim agora.

A leoa

Eu não saberia cuidar dele, mesmo que chegasse a tempo. Eu peço ao vento que leve meu uivo de volta. Como um chacal, como uma hiena, saúdo a savana oca, a estepe plana e a lua longe pela morte de um amigo.

VAMOS VOLTAR PARA A NEVE

Como foi que nós paramos aqui — as nossas mãos cavavam, os pêlos quase albinos misturados à baba, o corpo no chão frio, as costas magras dela postas de costas para as minhas. Eu procurava no meio dos seus pêlos, procurava ir pelo meio sempre, pelo meio dos albinos e dos escuros. Como foi que escapamos à neve, nós cavamos o nosso buraco, o buraco onde coubemos mas sem os nossos filhos, sem o automóvel, sem a casa que a gente tinha construído. Eu procurava a geléia que ela estava soltando, escondida no meio, eu apertava as duas concavidades, as duas axilas com o tufo de pêlos mal raspado no meio, ainda não crescidos mas suando, cheirando, procurava sempre no meio — como foi que nós nos concentramos naquilo. Foi porque eu cuspi, cuspi a minha baba na sua boca no escuro, estava quase escuro, a uma distância de meio metro que os meus braços em flexão mantinham, como foi que escapamos à neve — foi cavando, primeiro com a pá depois com as mãos pra dar a ela o que ela pedia. O meu corpo também pedia isso — isso, eu cuspi a baba de dentro da minha boca, coloquei meio metro acima da sua boca bem aberta — estava escuro mas eu sabia, nós já tínhamos escapado à neve. Nós cavamos o nosso buraco e deixamos de fora o carro e o sofá e também os nossos filhos, como foi que nós pudemos — nós cavamos, jogamos a neve pra fora e entramos. Quando a porta fechou o vento ficou batendo, eu procurava o tufo, o maior deles com o orifício no meio, eu segui pelo meio dos dois peitos, havia um pêlo no bico do peito esquerdo, como foi que nós pudemos, depois nós conseguimos. Nós deixamos de fora — nós pudemos, depois que nós cavamos, deixar de fora os meninos, os animais domésticos, aquele sofá de veludo dourado e também o quadro que nós herdamos, a marinha, como foi que eu joguei fora essa marinha, nós deixamos de lado os cobertores — nós pudemos porque nós cavamos —, eu me pergunto, eu abri a minha boca e cuspi no escuro, sem esforço, pela pura queda da gravidade da saliva da minha cavidade até a boca dela — nós cavamos o nosso próprio buraco. Os dois tufos de pêlos misturados, o meu e o dela, como foi que nós pudemos se ainda era dia, eu não dormi, os olhos meio esbugalhados encontraram os olhos dela semifechados, concentrados no prazer que ela tinha — nós pudemos porque nós cavamos. Nós já tínhamos afastado toda a neve quando eu toquei o osso alto antes do tufo, aquele osso no quadril, ali começava o circuito, sempre pelo meio, até a geléia que estava saindo dela — nós pudemos, deixamos a neve do lado da porta e entramos com os pés. Era uma espécie de cabana, uma gruta — isso foi bem depois que nós afastamos a neve com a pá e com as mãos, com as mãos conforme a minha excitação crescia. Ali dentro estava muito quente e o vapor cobriu a lente dos meus óculos. Eu procurei pelo tufo mas antes toquei o osso saliente do quadril, apontei para o meio seguindo uma intuição de vôo e procurei pela geléia que saía dela. Como foi que misturamos os dois cabelos, os albinos e os marrons e também os pêlos mal cortados que estavam dentro da saliva da minha boca, meio metro acima da dela — eu não mirei, mesmo porque estava escuro, eu não mirei porque eu já sabia. Ela não disse, os meus olhos estavam esbugalhados — como foi que nós pudemos, depois de afastar a neve, continuar com aquilo. Dentro do tufo, sempre pelo meio, a geléia continuava saindo sem causar dor — eu tinha o olho esbugalhado mas não via, não naquela escuridão, não naquela. Ela tinha a sua mão e a sua mão queria, mas sempre pelo meio naquele percurso que eu já sabia entre o osso alto e os dois tufos, descendo. Eu não tive de mirar quando cuspi de meio metro acima da cabeça dela até a boca dela e nem uma gota caiu pra fora, pra que eu ia precisar de uma mão guiando a minha — como foi que sem as mãos nós misturamos os pêlos claros e os albinos. Nós já tínhamos cavado até ali e deixamos de fora a pintura de uma marinha, a casa e os animais domésticos. Uma geléia vinha dela, uma espécie de xarope que saía sem dor, agora eu já não sentia frio e podia me concentrar no que estava fazendo — havia um osso saliente que indicava uma queda gradual entre dois tufos, eu já não podia estar tão distante do que queria, os olhos dela estavam quase fechados. Eu tinha os meus esbugalhados atrás da lente embaçada, então mirei sem ver desde a cabeça a mais de meio metro da boca dela sem deixar espirrar nem uma gota de saliva. Como foi que nós pudemos se já era dia e nós deixamos de fora a casa que nós tínhamos e a marinha e o sofá dourado, se o automóvel ficou de fora e nós fechamos a porta quando o vento batia, se principalmente nós estávamos sozinhos e eu misturava os meus cabelos aos cabelos dela, às vezes marrons, às vezes albinos. Eu sei o que nós fizemos, os olhos quase esbugalhados debaixo da lente embaçada e os dela quase fechados, concentrada no prazer que ela pedia, eu sei o que nós fizemos, entre os dois tufos, sempre pelo meio, até os meio escuros, meio albinos. Nós cavamos a neve por muitas horas com a pá e depois com as mãos conforme a minha excitação crescia, havia um grande monte em frente à porta. Na verdade, todos os vizinhos já tinham tirado a neve da frente da porta fazendo um caminho estreito até a rua. Nós pusemos mãos à obra, com as mãos conforme a minha excitação crescia — nós deixamos pra trás: o carro, os animais domésticos, a casa que construímos e as crianças e uma marinha com as ondas estourando. As costas magras dela estavam de costas para as minhas. Como foi que nós pudemos se já era dia, se o vento batia na porta. Eu sei o que nós fizemos — eu desci as minhas mãos, as duas, pelos dois tufos, partindo do osso alto entre as axilas, eu procurava pela geléia que saía dela. Como foi que nós pudemos se os vizinhos podiam olhar pelas vidraças entrando pelo caminho na neve que nós mesmos abrimos. Eles podiam nos ver ali, agora que a neve não bloqueava mais a passagem. Como foi que nós misturamos nossos pêlos, os meio marrons e os meio albinos, fazia calor lá dentro e as lentes dos meus óculos embaçaram, saía uma geléia dela mas não doía, eu também mal enxergava. Eu fechei a porta deixando de fora as crianças e os eletrodomésticos, as costas magras dela postas de costas para as minhas, como foi que nós pudemos se já era dia. Nós nos concentramos naquilo, cada tufo, sem nunca perder o caminho, sempre pelo meio entre os dois peitos partindo do osso alto entre as axilas. Fazia calor lá dentro e eu não via quase nada, os animais domésticos ficaram de fora, deixamos de lado a marinha que nós herdamos com as ondas estourando, deixamos de lado a família. Pusemos a neve ao lado da porta na ponta do caminho que nós cavamos com a mão conforme a excitação crescia, era uma espécie de cabana ou uma gruta, o vento batendo do lado de fora da porta, as costas magras dela, nuas, postas de costas para as minhas.

ELA — Aqui, pelo meio. Cospe esse mais albino.

EU — Mas é cinzento. Espera. Perfeito. Não caiu nem uma gota.

ELA — Já é dia. Os vizinhos estão entrando.

EU — Vamos tapar o caminho de volta com a neve.

ELA — Agora não. Vai por aí. Por aí pelo meio.

EU — Agora não. Eles estão olhando. Eles estão quase ouvindo.

ELA — Não diga nada. Vamos voltar para a neve.

A ÚNICA CHANCE DELA

Duvido que dê certo. O postigo vai fechar antes. Vão atirar antes. Duvido que ela fale alemão. Duvido que me perguntem alguma coisa. Talvez ela tire os documentos da bolsa antes que perguntem seu nome. Duvido que saiba. Vão atirar antes. Antes que ela possa se mover, mugir. Duvido que saiba dizer *naturalmente* por que está aqui. Talvez eles queiram saber. É o direito deles. Acho que pra mim não há perigo. Eu falo bem alemão. Mas duvido que meu alemão saia. Duvido também que me perguntem. Vão querer saber dela, especificamente. Vão perguntar assim: como pode ter a pele alva se vem de um país tão longe? Como pode andar por aí, a pele clara debaixo do sobretudo? Não vê que todo mundo fica querendo? E aí então um se vira pra mim, mas duvido que alguém faça isso. Um se vira pra mim e pergunta, em alemão sorrateiro: de onde foi que você tirou ela? É sua cadela? Ele faz questão de ser grosseiro. Onde é que você guarda ela? Vocês fodem? Você fode o cu dela? E assim por diante, mas duvido que alguém fale assim. Talvez ela possa correr bem rápido, mas duvido que faça isso. Vai ter câibra, mas seria a única chance dela. Vai ficar parada olhando o bico da pistola, mas seria a única chance dela. Aquele postigo é baixo, acho que conseguiria pular, mas duvido que faça isso.

TUAS ORDENS

Eu não saberia passar o dia sem as tuas ordens. Quando chegava o fim do dia e de seu cansaço (antes havia um dia com as suas horas, cores, havia a luz e a claridade, não essa migalha, me dá essa migalha mesmo assim), eu não ouvia mas agora estou pronto para o teu comando. *Não faça nada.* Eu não faria, não me movi daqui nem a uma distância, digamos, uma distância como a de um braço estendido, eu não me moveria daqui nem com o meu olhar. Era o que eu queria mas não faço nada agora, não pisco, nadinha, você foi bem clara, não repetiu o mandamento mas foi bem clara, as sílabas separadas como uma professora de escola primária. Estou pronto, rochoso, confia. O teu comando me tomou. Eu andava doente, doente e mal agasalhado, meus filhos estavam doentes, *abre a porta com a mão direita e atravessa a sala agora,* como?, *mudo, pega o elevador,* pra onde?, *andando pra esquerda, quieto.* Eu estava sempre rouco, a doença tinha me deixado rouco, ninguém estranhou o meu silêncio porque eu estava rouco. Os três meninos me olharam, normais. Os três meninos, o pequeno, o médio e o grande. Eu já tinha perdido o controle dos dois maiores, o mais velho estrábico e gordo, o do meio é uma criança dissimulada, mas eu queria o pequenino pra mim, queria mandar, dar ordens e conselhos. Então eu voltei por conta própria quando cheguei no térreo, tomei o elevador de volta, entrei em casa e peguei o pequeno com a barriga de fora, eu peguei ele no colo e aí o mais velho, estrábico e gordo, o mais velho que tinha saído do banho de cabelo molhado me perguntou no meio da sala aonde eu ia naquela hora com o irmão dele pequeno, o do meio dormia ou fingia que dormia pra que eu tivesse que levar ele pra cama no colo depois, ele era esperto e sempre fazia isso, *não diga nada, desça com o menor no colo*, quem é que vai cuidar dos dois maiores?, *vire à esquerda até a avenida grande*. O porteiro quis me ajudar mas eu afastei ele em silêncio, só com o peso da minha carranca. Eu carreguei o pequeno com a barriga de fora pela rua estreita até a avenida de luz amarelada. Ali eu parei, ele dormiu no meu colo, *anda*, eu não aguentava mais carregar o peso dele mas a tua ordem era a mesma repetida, você repetia muitas vezes a mesma coisa. *Anda*. Eu carreguei o menino o quanto pude, então você disse *deita, cobre ele com o teu casaco*. A minha barriga começou a doer lembrando dos dois maiores, sozinhos naquele apartamento, eu não falava muito com eles mas todas as noites eu estava ali com eles, dizia boa noite pra eles, eu queria muito voltar agora, carregar o menor de volta pra lá, o menor que dormia no chão da calçada mas você disse *anda até o luminoso, até o hotel com o neon vermelho*. Entrei carregando o meu filho menor no colo, paguei uma noite adiantado e caí na cama. Mas não fechei o olho, piscando como o vermelho do letreiro. Eu precisava saber o que ia acontecer no dia seguinte, comigo e com o garoto, e também com os dois que eu tinha deixado pra trás. Eu precisava de ajuda. Desci até o balcão onde uma velha, eu não tinha reparado nela, uma velha de cabelo bem vermelho, uma velha de unha puída me passou o telefone do balcão do hotel e ficou querendo escutar o que eu ia falar quando liguei pra mãe dos meninos pra pedir ajuda, mas antes que alguém atendesse eu ouvi a tua voz, as sílabas bem separadas, dizer *desliga*, e *sobe pro quarto agora*. As crianças são tão calmas quando dormem, passei a mão no cabelo dele e fiquei pensando nos outros dois sozinhos, fiquei pensando que o do meio ia cuidar do mais velho que devia estar muito assustado, fiquei passando a mão no cabelo do pequenino, alisando o cabelo dele naquele quarto de hotel. No dia seguinte de manhã ele ia perguntar aonde estava ou por que não tinha ido pra escola, então eu abri a janela que dava para os fundos do neon vermelho, eu ia gritar por ajuda mas fechei a janela antes disso, fechei a janela quando ouvi nitidamente você dizer *volta pra cama*. Eu tinha fome mas não podia comer, tinha sono e não podia dormir. O chão do quarto era um tapete marrom felpudo, as cortinas de um tecido brocado horroroso em que o neon vermelho refletia, o lugar era péssimo. Meu filho menor, dormindo, parecia uma porcelana branca. Eu estava muito preocupado com os outros dois, especialmente com o mais velho que era meio apavorado e podia não conseguir dormir como eu não conseguia agora, ele é parecido comigo, mas me lembrei do porteiro, eu tinha ajudado a comprar uns remédios pra ele, se eles interfonassem talvez trouxesse leite ou conversasse um pouco até se acalmarem. Tudo naquele quarto cheirava a mofo, especialmente um cobertor quase molhado dentro do armário que rangia. Fiquei com medo da respiração do meu filho, alguma asma antiga, por isso abracei bem ele e pus sua cabeça molhada de baba no meu peito. Então dormi. Ele acordou bem antes que eu, tive logo que dar um corretivo pra que não me perguntasse nada, um beliscão bastou, saímos de lá em seguida, *anda*, a velha de cabelo vermelho nem se mexeu, *pra esquerda, até o ponto do ônibus*. Eu estava muito nervoso por causa dos outros dois, queria pelo menos telefonar. Entrei no primeiro ônibus que passou e sacolejamos até o ponto final. Saímos andando sempre pela esquerda até um enorme casarão de subúrbio antigo e meio despencado, todo pintado de laranja. Eu trazia meu filho pequeno pela mão, ele devia estar com fome mas eu não podia fazer nada, a mão dele suava na minha, *leva o teu filho, de jejum, pela mão*, apenas me preocupava com os outros dois, especialmente com o mais velho. Parei em frente ao casarão laranja. Acho que o meu filho não me perguntou nada de medo do beliscão. *Agora senta. Naquele degrau. Não faça nada.* Ficamos ali, olhando aquela gente passar. Depois de um tempo ele me perguntou bem baixinho, por causa do medo que estava de mim, me perguntou se a gente não ia comer alguma coisa e depois tomou coragem e perguntou de novo, aonde a gente tá indo?, e por fim, num tom de voz ainda mais alto, eu não vou pra escola? Achei que devia dar outro corretivo mas fiquei com medo que ele chorasse e alguém perguntasse alguma coisa. Prometi baixinho que não ia esquecer aquilo, ia castigar ele depois. Eu não ouvia você dizer nada já fazia tempo mas não me movi nem o espaço de uma braçada, nem olhei pra longe que é pra não dar vontade. O menino acabou dormindo encostado no degrau. Então uma mulher abriu a porta do casarão laranja e você me disse *vá com ela, pegue o garoto no colo e vá com ela*, eu nem precisei porque ele acordou e veio andando sozinho, ele disse de novo que estava com fome e acho que ia começar a chorar. Então a mulher deixou a gente entrar no casarão como se tudo estivesse combinado, *dê a maçã para o menino*, eu aceitei a maçã da mão dela e dei para o meu filho mais novo, que comeu ela inteirinha, o sumo escorrendo pela camisa suja. Ela era parecida com aquela velha da portaria do hotel, tinha as unhas iguais e me metia um pouco de medo, *deixe o menino com ela*, então eu disse pra ele, bem no ouvido dele, você vai ficar com ela. Ele quis protestar mas eu fiz a minha carranca, aquela do beliscão. Antes de sair eu abracei bem ele, eu ia dizer não tenha medo mas você me disse *não diga nada* e foi exatamente isso o que a velha me disse, em voz alta, não diga nada, acabei ficando quieto e voltei para o meu apartamento.

* * *

Agora eu encontrei os dois maiores mas tinha deixado o pequeno pra trás. Cheguei no final da tarde. O porteiro me disse que os meninos estavam assustados mas não sabia pra quem telefonar. Eu nunca dei o telefone da mãe deles pra ninguém. Eles ficaram me esperando, o porteiro tinha comprado pão e leite, estava tudo revirado e pularam em mim quando eu cheguei. Eu não queria mesmo nenhum carinho, parecia bravo mas escutava a tua voz, a tua voz apenas, então desci com os dois meninos na mesma hora, levei eles do jeito que estavam para aquele hotel do luminoso porque foi isso o que você me disse, foi isso o que você mandou. A velha com a unha puída e de cabelo vermelho, era muito parecida com a do casarão, me pôs em outro quarto, um pouco maior. Eu quis gritar mas a tua voz me calou. A minha barriga doía por causa da preocupação com meu filho pequeno. Eu não sabia quem era aquela velha, não tinha visto o casarão por dentro. Então eu desci pra telefonar pra mãe dos meninos e contar o que estava acontecendo mas a tua voz não deixou. Fui até a janela que dava atrás do neon vermelho, eu ia gritar mas a tua voz não deixou. Você disse *volta pra cama*, nitidamente. Acordei no dia seguinte e dei um tabefe de mão aberta bem na orelha do meu filho do meio quando ele disse que estava com fome e depois me perguntou com a voz enjoada aonde a gente estava indo. Ele queria dizer que estava achando aquele programa chato, ele não podia mesmo ouvir a tua voz mandando, então eu bati com a mão aberta, bem forte, na lateral da cabeça dele e o dia todo ele não me perguntou mais nada. Nós tomamos o mesmo ônibus, você não teve de repetir nada porque eu tinha memorizado cada detalhe, descemos no ponto final e fomos andando pela esquerda até o casarão laranja. Esperei sentado naquele degrau. O mais velho quis conversar comigo, queria dizer que achava aquilo tudo muito natural, então me perguntou qual o nome daquele bairro e como eu não respondi ele disse que nunca tinha visto um casarão tão laranja e ficou quieto quando eu não respondi de novo. O do meio dormiu como o pequeno tinha dormido. A orelha dele ainda estava um pouco vermelha. Então você abriu o casarão laranja, pela primeira vez a voz saiu de uma boca que eu via, a voz da velha era a tua voz, *traga os meninos aqui, deixe os meninos comigo.* Onde está o pequeno, eu perguntei em voz alta, está dormindo, a velha me disse, a voz vindo de fora da minha cabeça, agora vá embora, de volta para o teu apartamento. Eu abracei, ajoelhado e de uma só vez, meus dois filhos maiores e disse pra eles não fiquem com medo. Se ela deixar, falei com firmeza, apontando o dedo pra velha, vou contar isso tudo pra mãe de vocês.

PARA A DESAPARECIDA

1

As árvores ainda cresciam quando perdi a pista dela. Então aspirei. Ela estava por ali, eu sentia nas narinas, misturada ao plantio, à terra arada que desejava semente. Eu queria apenas ela, não a lua nem o cão que me seguia pela propriedade. Logo vieram os colonos em fila me agradecer a melhoria, a escola nova e o tecido para o uniforme dos meninos, mas eu não queria saber disso. Formavam uma montanha de matéria humana que eu devia escalar, ultrapassar ou mesmo enterrar naquele solo faminto para me concentrar no meu problema: uma fêmea. Eu via os sapos mas também não queria saber deles. Eu via ao longe, no reservatório, circundando, a sombra-capivara que rondava por ali, inaugurando como um ponteiro o turno da noite e também os seus filhotes — agora são muitos filhotes porque não podemos mais caçá-las — seguindo a mamãe quase-paca, a quase-porca da mãe deles. Uma fêmea era o problema deles. Era preciso ultrapassar ainda aquela aparência — tudo na fazenda, neste momento, justamente *aparecia*,

aparecia desgovernadamente com um desejo excessivo de aparecer, como um cometa de cauda imensa e sem nenhuma vergonha que quisesse tirar minha concentração. Eu precisava superar isso se quisesse encontrá-la. Tinha que rasgar a pele de estrada daquela estrada em que eu andava e a pele de tronco daqueles troncos, tinha que arranhar a pele de céu escuro daquele céu sem lua, tinha que entrar por trás (mas eu é que parecia estar de costas) e sem muita excitação no mar de terra e paisagem que havia à minha frente. Comecei mandando aquela turma toda embora, vamos, o mais rápido possível, se queriam agradecer agradecessem a *ela* quando fosse possível encontrá-la, era dela a idéia de educar aqueles selvagenzinhos, de limpar o ranho esverdeado de suas faces. Então aos poucos foram voltando para suas casas mal iluminadas (agora queriam luz elétrica! por culpa dela!), apenas uma criança ainda pequenina teve de ser empurrada pela minha botina para que se assustasse e também os dois cachorros que apareciam demasiadamente, mais do que latir se deixavam ver em exagero, quase incandescentes. Consegui afinal, com a ajuda de um pedaço de pau que logo apareceu como apareciam antes aqueles dois animais e tomou o lugar deles, me livrar dos dois cachorros jogando depois a madeira num lago enquanto se apagavam todos juntos, fechando meus olhos dentro das pálpebras para me concentrar. Acho que estava sozinho afinal. Podia começar a minha busca, agora que tinham cessado aqueles aparecimentos e a penumbra neutra encobria os galhos e a poeira, matando os seus detalhes. Sim, se ela estivesse por perto agora, mesmo no escuro, mesmo sem a lua eu a veria fácil, fácil. Então andei à toa sem organizar a busca, sem mapear as três regiões da fazenda, o laranjal, as longas fileiras de eucalipto e a região do lodo. É claro que cansei, cansei rapidamente e tive de voltar para casa com os pés doendo. Mais um dia sem ela, pensei, mais um dia sem ela, pensei enquanto me deitava mas sem saber o que eu queria verdadeiramente dela, nem há quanto tempo ela estava longe. Acho que não devia ser muito porque todos pelo tom de suas vozes achavam que ainda estava viva e lamentavam, os colonos especialmente, o seu desaparecimento. *Nunca me passou pela cabeça que pudesse ter fugido.* A muda nova do canavial ainda crescia pela primeira vez quando perdi os seus sinais, suas pegadas pequeninas e pouco profundas que indicavam um passo aflito e lépido. Mas sabia, sempre soube, sabia que ela estava por perto, talvez estivesse agora mesmo olhando lá de fora a minha janela iluminada. Talvez tenha aprendido a dormir em pé, como os cavalos. Amanhã vou ordenar a busca. Amanhã vou chamar os animais, o agrimensor e o tratorista para me ajudarem.

2

Para o agrimensor

É preciso ser inteiramente metódico. Há um longo caminho de recomposição geográfica das possibilidades que ela tem diante de si, possibilidades físicas em sua movimentação, que deve ser detalhadamente decomposto e esmiuçado. Antes de mais nada, precisamos conhecer a variação de altitude do terreno e compreender bem toda a sua estrutura — declives, traçado das estradas, trechos intransitáveis etc. Só assim vamos chegar a uma velocidade média (dividida pelo número de horas de um dia, descontando aquelas que tem de passar dormindo) para a sua movimentação. Quero que construa rapidamente uma maquete da fazenda para estabelecer círculos de pesquisa e depois isolá-los com cercas elétricas, impedindo assim que ela retorne ao terreno que já pesquisamos. Sei que alguns bois vão morrer nessas cercas. Mas só assim terei certeza. Só assim terei certeza.

Para o tratorista

Difícil dizer onde, mas pode estar enterrada. Pode estar viva e enterrada, respirando por um canudinho ou então num túnel que ela mesma tenha cavado para debochar de mim. Então ela veria meus passos, ouviria minha respiração e se sentiria segura. Só você pode acabar com isso, revirando cada braça de terra com o arado e a pá. Sei que devemos estar prontos para um grande sacrifício: a destruição da lavoura. Mas como poderei colher as laranjas, como poderei vender os eucaliptos ou os fardos de cana se é possível que esteja misturada a eles, sendo enviada à liberdade, à sua infelicidade, desapercebidamente? Nada disso. Estas são as minhas ordens. Você vai revirar tudo. Vai maltratar a terra como nunca maltratou. Vai esmiuçar cada palmo do terreno e onde o seu trator não alcançar, levarei uma equipe com pás e enxadas. Estas são as minhas ordens, compreendeu, estas são as ordens. Sou eu quem está dizendo. Quero que faça o que estou dizendo.

Para os animais

Vejam com os olhos adormecidos ou injetados. Vejam na modorra da sua gordura, mergulhados no lago de água barrenta — ou mesmo quando o pássaro amarelo se transformar no assassino do lagarto. Procurem para mim. No som que vocês emitem, acho que vocês emitem, quando querem uma fêmea — é este o som que estou emitindo —, digam o que está acontecendo. Digam aos ares e aos bichos das propriedades vizinhas — o que disserem vai chegar de volta até mim. Os bois mais mudos, a legião faminta de cupins, os pás-

saros que restaram sem tiro, procurem, procurem. Animais que cavam, cavem e os que voam, voem, os que ficam parados e de pé, as orelhas em sentinela e a boca mastigando, escutem e relinchem. A terra circula em vocês, vira poeira grudada quando rastejam, quadrúpedes, perto do solo, o longo pescoço sustentando a caveira. Preciso que leiam o pó que há em vocês e perto de vocês e me respondam, me respondam: o pé pequeno que foi o dela pisou este caminho? Ou transformou-se inteira num animal? Tinha poderes para isso? Acasalou com algum de vocês? Seu pêlo cresceu? Cheira agora como uma égua, uma cadela? Seu faro pressente? Uiva? Menstrua rapidamente? Foi domesticada? Bebe o leite na caneca? Qual a sua matilha? Mordeu o roedor que se escondera? Em que toca se infiltrou? Perguntem isso pra mim. Perguntem isso pra mim. O animal que puder, me diga.

Para a desaparecida

Procuro apagar o campo ondulado do visível, que insiste em aparecer, mas também o som dos latidos ou do vento nos caniços, que vai ao fundo dos meus ouvidos. Tento envolver o território da fazenda numa camada de distância, um azulado de fundo que a afaste sempre. O sol incendiado, a água molhada do reservatório (onde você gostava de mergulhar os pés pequenos), a coincidência consigo, constante e tediosa, de cada coisa que reconheço, cada partícula entrelaçada ao corpo desmesurado do território inteiro (que deve ser parte de um outro corpo que nem pressinto), o comportamento sem surpresas, confiável, de tudo o que me cerca me aprisiona e entedia — mas me protege, também, e é bom que seja assim. Ponho todos os estímulos para dormir, encho meus músculos de um torpor nunca visto, examino a propriedade destruída como um rei orgulhoso do reino que perdeu, desvio o foco de minha angústia para o sentimento aéreo de um perdimento intrínseco, divino, embutido na gaveta íntima de cada ser minúsculo, enorme ou cardíaco, besouro ou músculo. Na verdade, é tudo um exercício profilático, prévio, uma forma de concentração no problema do desaparecimento — um desvio do qual talvez eu nunca volte. É de lá que digo a você o que fazer. Ouça agora o que tenho a dizer:

Desapareça. Junto com o visível, junto com o pó imundo, com a roupa encardida, com cada pedaço do que foi a nossa vida, aqui, antes ou depois, desapareça como uma mordida que leva a carne do meu braço, como a amputação de um órgão mal formado, desapareça, desapareça de uma vez para que eu possa achá-la. *É preciso que você aja assim para que retorne ao círculo da minha influência. Sim, eu sei bem que foi isso o que afastou você: o modo como a própria cana pede licença a mim para crescer e as árvores suspendem sua vontade vertical quando caminho perto delas. A maré da minha personalidade orienta a movimentação da poeira e dos ventos, a intensidade dos sucos gástricos na digestão dos bichos, sua morte por predação ou causa natural, o sono das capivaras, o peso de cada pedra, o número de penas nas garças brancas. É preciso que você desapareça de uma vez, que leve consigo minha memória e meu poder, desafiando toda a fazenda. Sim, então os colonos não vão mais ter medo, nem abaixar levemente a nuca quando me encontrarem, então meu sol vai ser como o sol de cada um, amarelo, circular e distante, não um confeito que pego com as mãos e ponho no bolso todos os dias. Acho que só você pode fazer isso. Amanhã vou usar todos os meus recursos para encontrar você — a matemática em miniatura do agrimensor, a eletrificação das cercas a partir da maquete da fazenda, a destruição do solo pelo tratorista. Já avisei os animais para que me ajudem. Sobreviva a tudo isso. Desapareça. Então eu vou partir mais dissipado e nu em minha busca minuciosa, diária. Seremos só nós dois, sem que eu possa dar ordens a ninguém.*

DENTRO DO PÁTIO SEM LUZ

Porteiro

Não sei há quanto tempo está sentado ali. Tem a cara de verniz descascado, de madeira empenada, de móvel antigo. A nicotina comeu suas mãos e seus dentes. Quase posso sentir o cheiro daqui, do lugar seguro de onde vejo. Vejo tudo. No entanto, não está fumando. Parece descansado. No entanto, não está descansando. Há uma memória de barcos, de vela e de remo, o balanço do mar em sua barba grisalha. No entanto, não está navegando. Preciso atravessar a porta que ele vigia. No entanto, não está vigiando — apenas um dos olhos abertos, o outro dormindo. É assim que levanto e me aproximo dele, a coruja antiga plantada à minha frente. Atravesso os metros que nos separam antes que se mova, deixo o arco da porta para trás e entro no pátio sem luz.

Corredor

Suas paredes comprimem meus ombros. Portas ao lado, luz lá no fundo. Aparece alguém na outra ponta, um guarda-pó branco que cresce até cruzar por mim. A luz é mortiça, os passos abafados, o ar não tem viço; o ocre esverdeado da sujeira-tempo está colado como um musgo às paredes brancas. Elas foram brancas, mas isso gruda feito uma cola imperceptível, um caramujo sem a casca que vai se espalhando. O arco da porta do elevador está à minha frente. Cem passos. Estou no meio desse tubo branco que parece estreitar-se à minha frente. Logo vou entrar no elevador. Mas não entro. A face macerada do assoalho tem a idade dos milhares de passos, das solas que foram gastas sobre ele, da finalidade deformada desse ir e vir incessante que já comeu tanto couro. É a minha vez, agora, de andar no corredor. Faltam dez passos. Cinco. Desvio de uma escada clara, viro à direita, antes do elevador, e entro no pátio sem luz.

Elevador

É como uma cápsula onde nos fechamos porque queremos. Está dentro da parede de tijolos e mal se tem tempo para notar os motivos decorados de suas próprias paredes. Madeira envernizada, fórmica no chão imitando madeira envernizada e os botões dourados. Uma grade também dourada, em sanfona, como porta, um banco para o antigo ascensorista. Hoje você aperta o próprio botão. Para cima, para cima, lá vai o maquinismo da ascensão, que poupa nossos passos e elide os degraus antigos. Somos nós três aqui dentro, contando aquela gorda e um outro que não me lembro. Sinto que a caixa está subindo lentamente. Pára de repente, mas ainda não é o meu andar. Ninguém entra, ninguém desce também. Vejo pelas frestas da grade a laje entre os andares. Parece o branco do olho de uma pessoa em convulsão. Continuo subindo, as mãos suando um pouquinho. De novo ele pára, de novo ninguém entra nem sai. Faz tempo que estamos nós três aqui dentro. Nenhum de nós esperava por isso. Ele pára novamente. Interrompo nossa imobilidade com um passo à frente (quase sinto o espanto dos outros dois), empurro e atravesso a sanfona da grade dourada que se fecha às minhas costas, sigo uma pequena passarela e entro no pátio sem luz.

Banco

Há vários deles espalhados por todos os cantos. É de lá que as nádegas sustentam, como um fio terra, o tronco vertical e sonhador. É o máximo que nos dão, sustento para elas, e em troca oferecemos nossas horas, cada uma delas, tantas quantas quiserem, ou precisarem, para a consumação etária daquele velho edifício ou para a desaceleração imperceptível da nossa felicidade. Ao invés de abraçar as colunas ou fazer ecoar nossa voz nestes mesmos corredores, ficamos sentados nos bancos. Estão ali para isso. Há alguns modelos individuais, mas a maioria serve para três ou quatro pessoas, que ficam com as pernas roçando. Eu me levanto e me sento, pequeno protesto automático, mas acabo por me fundir à sala, à depressão respiratória coletiva, um único pulmão asmático. Durmo equilibrado em minhas ancas. A respiração me toma. Um enfermeiro num guarda-pó azul claro recita números. Procuro me lembrar do que estou fazendo ali. Tenho um papelote na mão. A respiração me abandona. Acho que suo. Acho que durmo novamente e então me levanto à procura de ar ou de assunto, atravesso às cegas uma porta sem vidro e entro no pátio sem luz.

VASO

Ali entre dois bancos, não digo uma flor, mas uma planta. Há umidade também em meio ao falso limpo dos linóleos e azulejos, em meio à falsa luz das vidraças foscas como janelas de ambulância, em meio à falsa vida de estar dentro, ali dentro. Eu garanto que a terra está úmida e que cresce o caule daquela pequena planta; garanto que foi terra o barro daquele vaso e um pouco de água escorreu do seu bojo (há um bojo) até o chão. Ali, entre dois bancos, feito lava quente, a matéria fere a arquitetura insípida. Quem é que rega a planta? Quem é que traz o balde de água até ela? Será que faz isso todos os dias, sempre dentro do mesmo horário? Será que também usa um guarda-pó branco? Quem é que cuida desta planta marciana, quem é que zela pelo seu viço e tira as folhas amarelas, as pequeninas folhas amarelas? Onde estão as folhas amarelas que já caíram? Perco as horas meditando, sentado naquele banco. Posso passar dias aqui, na companhia da minha planta, mas talvez já seja noite e em alguma parte alguém me espere. Talvez já seja noite e me levanto, atravesso longitudinalmente o linóleo esverdeado, comprido, que imita a textura das pedras, abro a porta de mola e entro no pátio sem luz.

Sombra

Há certos buracos que a sombra cava por sobre o contorno de cada coisa, como o retângulo cinza-escuro em meio à fileira de bancos ou a faixa verde musgo contra a parede clara. É da parte da sombra esta quina multiplicada, geometria de desvãos, mas planos, a que se submetem o móvel e o imóvel. Muitas vezes, como agora, ela vem devagarzinho, não no desenho brusco que um corpo projeta sobre o outro, recados à distância de um armário junto à janela sobre a fileira de azulejos na parede em frente, mas no tom progressivo e lento, no murmúrio monótono que faz transcorrer a tarde num lugar como este. Este, este lugar. Eu olho, para além do jornal que já li e da revista do meu vizinho de banco e desconforto, olho a diminuição do viço da pele de todos, a sombra generalizada mas luz ainda, porque ainda é de tarde, ainda a noite não merece suas promessas. A luz acesa já me parece natural e não patética como antes. Me levanto à procura de um médico, entro no corredor onde um quadrado escurecido é a projeção da divisória diante da porta. Ali dentro mais sombra me aguarda mas sem o contraste encantador dos semitons, terra de Úmbria com laranja, cinza com um pouco de cádmio, lilás, sim, o mais puro lilás, e à noite será preciso que a lua acorde com seu olho insano para devolver ao breu monótono a riqueza minuciosa destas sombras. Volto para a sala em que estava sentado, onde a porta mal fechada deixa ver ainda um pedaço do entardecer, mas me levanto novamente, sigo pelo corredor neon mortiço, desço um degrau e entro no pátio sem luz.

Silêncio

Parece um silêncio que vem das coisas, do que está parado, não das pessoas que murmuram baixo seu cansaço, sua falta de assunto, sua vontade de estar em outro lugar. Vem da própria alvura enodoada das paredes ou do relógio congelado que já não move seus artelhos, nem pronuncia um tic-tac, nem informa nada que preste. Parece que está nos bancos, nos corredores, no desconforto de estar ali aprisionado. Parece que vem do ar viciado. Parece que está na falta de luz este silêncio, no crescimento imóvel daquelas plantas, na morte que ronda o vinco enrugado, o cabelo pior que branco, esmaecido e cheio de pó — parece que está nos pombos, em seus arrulhos desde a altura improvável das cornijas, parece que está na tumba de se estar dentro, aqui dentro. Está desde antes de entrarmos e vai continuar depois que sairmos, depois que o expediente terminar, depois que todos forem embora. Vai estar na lanterna do guarda-noturno, no frio de uma noite sem lua, uma noite escura de granizo e ventania, uma noite escura. Talvez este silêncio esteja em mim quando assobio uma melodia, um samba confuso de que não me lembro a letra e pulo alegremente sobre as lajotas do chão do corredor, tomando cuidado para não pisar nas junções da madeira envernizada onde a fórmica, esmaecida, já rachou. Talvez esteja em mim quando passeio por estes consultórios e corredores, por estes elevadores e enfermarias enquanto espero sem saber esperar pelo resultado da minha sorte, enquanto salto e toco o umbral com a ponta do meu dedo, volto as costas para a porta à minha frente e paro, e sigo, atravesso a soleira e entro no pátio sem luz.

Vãos

Você poderia chamar de cavidades utilitárias, pequenas e côncavas, do tamanho do pé de um gigante — nos móveis; ou maiores que dois braços abertos, vertigens profundas como o poço do elevador, o vão em espiral da escada, buracos onde um corpo pode passar — ocos do próprio prédio, corredores verticais em que não se anda, se cai. No primeiro caso têm a memória do mofo e do tempo, o rangido de uma gaveta de onde a enfermeira tira a agulha fina da injeção; no segundo da morte e do tombo, como um confronto desgovernado entre corpo e arquitetura. Entre estes vãos de dentro e os de fora nós arrastamos nossa carcaça adoecida — ela mesma com suas catacumbas e salas internas em meio ao mar de água e de sangue. Sinto seus vazios enquanto espero. O próprio prédio parece um buraco enorme. No centro desta ratoeira está o consultório onde vou ouvir minha sentença. Tomo de novo o elevador. Quero falar com um médico que nunca vi. Gentilmente, pedem para que aguarde a minha vez. Estão chamando agora pelo número. Volto para o saguão, para meu banco, mas antes disso, arrastado por um passo autônomo, viro à direita, atravesso o umbral de uma porta fosca e entro no pátio sem luz.

Médico

Todos esperamos por eles. Cada ladrilho deste prédio foi cimentado para servi-los. Não é que distribuam ordens aos berros, como sargentos, mas são o topo de uma pirâmide enorme, antiga, úmida e chuvosa a que se dá o nome *prédio* — paredes, lustre, assoalho, avenca e pó, uma única teia os une: servir aos médicos. Promessa de saúde, receituário, alvo paletó, pequeno grão miraculoso do remédio, mãos claras que nos apalpam, coluna de mercúrio, auscultador cômico, a voz grave que diagnostica, por isto tudo aguardamos, o gado decaído dos doentes, por isto tudo eu aguardo, sentado nesta fileira de bancos olhando para o teto branco, sujo, para a parede branca, suja, para o chão de linóleo sujo. Para isso preenchi tantos formulários. Passam apressados dentro do guarda-pó. São chamados de doutor. Não parecem ter nome próprio, apenas título — só os mais importantes é que também são chamados por seus nomes. Então as próprias paredes se curvam, justificadas, e o prédio mal conservado canta o hino da sua finalidade: aqui se salvam vidas. Um burburinho de esperança comezinha (será que agora chegou a minha vez?) e de expectativas desmesuradas (será que escapo desta?) atravessa aquela pequena multidão sentada, mas eles passam, simplesmente passam em tecidos brancos e pastas pretas. Ainda não chamaram ninguém para o consultório, ainda não examinaram ninguém. Então tudo se aquieta, os tijolos ganham peso e monotonia, testemunhas brancas da morte, e o relógio cava o seu ardil redondo. Olho de novo para o enfermeiro que recita números. Não é um doutor mas talvez possa me livrar desta expectativa sentada. Atravesso a porta atrás dele, para espanto seu, que ameaça se levantar e me pergunta alguma coisa enquanto abro sem responder uma segunda porta exatamente atrás da primeira e entro no pátio sem luz.

Música

Sei que estou aqui há muitos dias. Sei porque sinto esta rotina crescendo como um fungo verde sobre florações mais antigas. Sei porque me levanto cedo e venho direto para estas paredes brancas, estas vidraças de luz mortiça, o oco do corredor, o baque de um corpo, um grito, nosso medo mudo. Fico parado no saguão. Já disse isto, em meio aos bancos e guarda-pós. Não sei bem o que querem de mim. Já entreguei os meus exames. Preferia que dissessem de uma vez. Estão pesquisando. Não sabem, não sei. Mas sei que nunca havia reparado numa coisa. Só hoje é que me dei conta. Só hoje é que ouvi a minha música, uma rádio que fica no entanto ligada o tempo todo, ecoando nas paredes e nos bancos desde que entrei aqui. É uma espécie de nódoa sonora a minha rádio, uma mancha confusa de instrumentos, voz, conversa e melodia, em geral versões de *standards* famosos. Isolo em meio aos ecos, à pantomima sonora dos doentes, a continuidade imóvel daquela mancha, como uma tinta se espalhando pelo prédio, emitindo sinais de vida urgente, de tempo disputado e precioso, usando os truques mais diversos para atrair nossa atenção — mas para quê, se fazemos questão de cedê-la inteira, imediatamente? Então compreendo que sem querer cantamos juntos, que nosso coral de dedos estalados, pigarros, lamentos, tosse, pergunta pelas horas (mas há um relógio no alto), conversas sem sentido, ronco, espuma, choro, acompanha uma versão sem letra, só piano e orquestra, de *Feelings* ou *Strangers in the Night*. Cantamos assim o nosso medo, nosso desejo de durar mais um pouco. Não posso encontrar as caixas de onde o som deve estar saindo. Sigo um fio branco que corre na intersecção da parede e do teto, atravesso uma porta de vidro fosco, desço um degrau que leva até um auditório solene. Penetro pela porta dos fundos no corredor que já conheço e entro no pátio sem luz.

Luz

Talvez se possa chamar luz a essa lua líquida que bóia no pires do lustre. Talvez, mas aquilo que vem da fresta alta da janela, ou mesmo debaixo da porta, aquilo que se dissipa no ar, um calor dentro das coisas, estrela morando na parede, claridade mais real que a falsa alvura bege destas salas pertence a outra classe de fenômeno. Daqui não posso vê-la direito (estou dentro do prédio), mas sei que fui amado dentro dela, mistura antiga de voz e de água. Daqui não posso vê-la, apenas as suas bordas ínfimas (pelas frestas), seus sinais por trás dos vidros foscos. Não posso sentir nos olhos a dor do dia que mostra tudo. A luz daqui é já uma meia-sombra que se ignora ainda, uma nódoa que iguala cor, matéria, viço, como um corpo autopsiado, pálido e contínuo. Em especial a luz que vem dos tubos de neon, orgulhosa de sua alvura quase magenta, acompanhada do barulho, feito moscas, de seus reatores, em especial esta luz desperta minha melancolia e meu enjôo. Por isso me levanto, novamente sem ar, por isso caminho pelo corredor que me comprime os ombros, atravesso o umbral que já conheço, desço os dois degraus e entro no pátio sem luz.

MORRER BEM

1. Pano súbito

Pano súbito. Cessam os ruídos do lençol branco, da mão que segura a minha, molhada de choro intenso, entrecortado, o peito aos coices, ou umedecida ao menos de suor e desconforto. Passa aquele cheiro de naftalina. Sem falar da dor que passa. Onde ladrava um cão nada ladra. Onde o prosseguimento das palavras, pedaços de frase que já não são tuas (mas então de quem são?), estas frases acabam. Pano súbito. Não me preocupo com o estado da carcaça. Será sangrada? Arada? Mofam dentro dela os próprios vermes desinteressados. Acordo todos os dias pra decidir como morrer bem. Manchas e musgos espantam o sol da minha pele. O pó higienizado, a cal corpórea que fui vai pingando em meus esforços. A mão que segura a minha (vai haver uma mão), a lágrima dos que cruzaram meu caminho (vai haver essa lágrima), o cheiro vegetal sombrio, avesso da visão luminosa que vem do ramalhete, o copo de água parada, a mão com cloro que segura a injeção, tudo passa, branco, passa. O sofrimento dos outros não há mais, aquele degrau onde tropeço, o pedaço de música que não esqueço.

2. Quarta-feira

Quarta-feira. Mais uma. Desapego dos membros em relação ao tronco. Copiam a imobilidade dele no pedestal amarfanhado do meu leito. Não é cama, é leito. Não sou eu. Olho de cima a paisagem do meu peito e ventre (não é barriga, é ventre), quase tão finos como o lençol. Não é mulher, é enfermeira mas carrega difusa na voz, andar, odor de alfazema, a umidade que guarda entre as pernas. Ali mora um nunca. Não sou eu: vou me fundindo à cama (leito) como um animal ao asfalto. É leito porque tem grades. O soro pinga. Cócega dispersa pelo corpo. Cavo desde a janela, em camadas, a trincheira da cidade, feito geologia. A pele viçosa das frutas, gritos, o odor bom ou mau de suas ruas, a irrupção da saliva, a gota de esperma formam uma primeira camada de lava fina e maleável, recentemente solidificada. Logo abaixo vêm as rugas, os hematomas, o maceramento da pele. Abaixo disso (posso ver através da pedra), presos num calcário bem liso estão nossos valores, bordados em cortinas de veludo. Mais abaixo ainda os ossos propriamente, parece que gargalham, dentes espalhados. Depois as facas e os jarros, animais fossilizados e, bem, então já não posso mais cavar e retorno à alvura plana do teto do meu quarto. Quarta-feira. Há urgência no dia lá fora mas não em mim. Motocicletas, buzinas em comboio, risada solitária naufragam na enxurrada ininterrupta, sem tonalidade definida, de um canto coral incrustado, constante. Há algo de dolorido nessa ladainha coletiva e involuntária, um coro que nós mesmos cantamos minuciosamente com corpos e máquinas, barafunda estridente e muda que retorna em estado quase sólido, de novo arquitetura. São tijolos de sirenes, o cimento constante do murmúrio, como uma cidade sonora, em ondas, pairando sobre a visível. Nada altera a sua respiração (salvo enterros ou manhãs de domingo). Melhor criar um barulho qualquer, próximo, pra esquecer este de fundo. Começo a cantarolar. Ali deitado, com minha voz miserável, canto uma canção. Lembro de cada palavra e apesar da dificuldade natural de afinação consigo lembrar também da melodia. Uma enfermeira, espantada, entra pra me olhar. Acho que vai chamar o plantonista. Procuro não parar de cantar. Sempre a mesma melodia, mastigando a letra. Passo semanas assim. Injetam calmante no meu bumbum mas quando acordo começo a cantar de novo, no ponto exato onde parei. Um vago sentimento de vitória, quase de imortalidade, um verdadeiro entusiasmo vai aos poucos me tomando no intervalo entre as estrofes.

3. De volta às ruas

De volta às ruas. Adeus aos uniformes brancos das enfermeiras, ao bege dos corredores. É ao rés do chão que perambulo agora, farejando feito um cão de pêlo sujo a cidade acima de mim. É daqui que vejo como quem toca a procela descontínua. Que força mantém grudados estes pedaços? Como foi que ainda não desagregaram, voltando ao chão (a força mais constante)? Não percebo os sinais de sua cola, não sou capaz de tocar as linhas de sua costura. Há uma seiva em cada parede, mesmo a mais nova e insípida ou a mais antiga, cheia de musgo e abandonada, uma intenção inaceitável que produziu dor e esforço. Há portanto em cada parede uma parede ausente, maligna, pressentida, enterrada talvez ou transparente, duplicada dentro de cada tijolo. É isso que se percebe numa casa vazia e que percebo agora no pilar enorme desse viaduto. Tanto faz seu formato ou espessura, sua temperatura, a cor do seu cimento ou da sujeira depositada há tantos anos. Tanto faz o que guarda dentro — o mesmo cimento ou um jardim maravilhoso. Tanto faz mas sua solidez de pilar parece eterna, egípcia, necessária. É errado que pareça tão constante, que sustente tanto peso, que impeça uma catástrofe. Eu devia poder modelá-lo como barro mole, dar uma dentada feito marzipã, derrubá-lo sem nenhum prejuízo concreto. A falta de finalidade do mundo físico devia ser um convite para a sua destruição minuciosa e sem remorso.

CONTRA A LUZ

Aqui a terra agüenta nosso peso e nos dá caranguejos. Queremos voltar para a terra, para dentro da terra, mas acima de nós o céu permanece, escapando à ponta das árvores secas. Aqui só o vento é que fica, balançando a bolha ignóbil de luz, de que temos nojo. Aqui temos nojo da luz.

NÃO SERVE

Devolve a pele enrugada. Devolve a boca sem os dentes. Devolve a mistura mutilada, herança que não serve. Devolve para a lua, toma. Espalha as suas cinzas. Já que a luz não vela este cortejo — carnaval, silêncio — fecha os olhos sozinho. Fecha por ti mesmo.

Este livro foi composto em Minion
pela Bracher & Malta, com
fotolitos do Bureau 34 e impresso
pela Bartira Gráfica e Editora em
papel Pólen Soft 80 g/m^2 da Cia.
Suzano de Papel e Celulose para a
Editora 34, em agosto de 2001.